KB176556

영월, 아리랑

홍정임 시집

오비올프레스

시인의 말

시를 알고 싶어서 시 언저리지 싶은 데를 헤맸습니다.
처음에 제게 책 읽기를 권하신 이와 제 글쓰기를 안타깝게 종용하신 이, 제 글들을 글 내 난다고 칭송해 주신 분들, 다정했던 사람들, 제게 다녀가고 말 걸어주고 곁을 준 이들에게 감사합니다. 모든 인연이 스승이었고 사랑이었습니다. 특히 어느 상황이나 꿋꿋하고 밝게 사신 부모님은 제가 가진 가장 든든한 힘이고 빛이었습니다.
그런 모든 분들께 빚을 갚는 마음으로 글을 모았습니다.
잘했다는 생각입니다. 이참에 나를 지나간 시간과 사물들에게도 고마움을 표합니다.

2023년 10월
홍정임

영월, 아리랑

차 례

2부

3부

4부

1부

희망

집에 한 가마들이 독이 있었다
독은
빈 자루 낫 호미 체 베북 베솔 먹통 쇠톱 자귀 대패
날품팔이 도구들을 감춰 주었다
가을이 되어
거두고 말리고 바수고 키질한 한 해 농사를
비우고 닦고 말린 독에 다 넣었다
밭이 신통찮았으므로 강냉이는 통이 작고 얼금백이가
많아서 한 말쯤 모자랐다
덜 찬 독을 어루만지며
한 가지 곡식으로 이 독을 채워봤으면 좋겠다고
엄마가 웃었다

초겨울

그 남과
그 녀는
동강 다리 건너서 살고지고

그 동네
남은 남아서 닳아가고
녀는 죽어서 없어지고

입동에
그 녀를 다시 보고
그 남은 밥을 먹고

나가라나가라 소원대로 사방팔방 멀어진
닢 닢 닢 닢 닢 닢 닢
떨켜의 때를 아는
가을이 막 가고

시냇물

동짓달 초낢이 새일인 머슴아 하낙이 있었지
기해새인데 즈어머이 나 마흔 스이에 났어
우이로 성제간 여럿 되는데 아들루 싯째구 막내이였지
맏성하구는 시물시살이나 차가 나다보이 손 우 조캐가
스이나 돼
성한테여 난 조캐 둘 하구 능우한테 난 조캐 하나하구
그래니 막내이래두 막내이 노릇두 못 하구 또 밭뙈기 쪼그
맨치서 여러식구 갈러 식량 삼는 기 바뻐서 주핵괴두 못
댕기구 열니살짜리가 지게 지구 농샛일하민 그냥저냥 마
구 커 나서는 함백 광산에
거게 즤 즉은 매혀이 광산에 댕겠그던
거어 가서 다 늙은 부모하고 살다 장개두 가구 자석내이두
하구 그래그래 살다가 냉줴는 미장을 배워 사방 일을 하루
댕기민 아들딸 오누를 키워 여이드라구
그래구는 어째어째 소식 들을 새 읎이 지내가다가 난데읎이
부고를 받었는데 그기 환갑 나아였지 아매
사람 하나이 어째 그렇게 물지듯 거품삭듯 가는지
아프단 말을 들었지만 오새는 그 나아가 갈 나아두 아니구
비원두 좋구 하니 좋게 보려니 했는데
참 허무해 하매 한 삼년 됐나

봄

시사아만사아 꽃도꽃도꽃도

어으뜨케나 많고 고운지

여서버터석항예미정선미탄돌어매채꺼정

산비알에 그저 밸긋밸긋 아른아른..

그 지녁에 고만 한 이틀 알어눴잖소

하매 및 해 됐는데 또 그 때 됐나 싶어 생객이 나네

섣달 스무나흘

애 낳고 닷새째 젊은댁네
설 어떻게 쇠나 했겠지
강냉이 한 바가지 빻고 팥 한 사발 삶아 팥고물 만들 생각
했겠지 팥적도 몇 소댕 굽고 수수노치도 몇 소댕 궈서
기름내 풍길 생각 했겠지
남은 곡식으로 봄은 어떻게 맞을지
봄 되도록 햇언나가 살아는 있을지
돌지 않는 젖을 물리며 서러웠겠지
사흘이면 되잖냐는 쿠사리 들으면서
한치레는 눠 있어야겠다고 마음 도사렸겠지
쿠사리 주던 할머니 따라가면서 안쓰럽다고 딱하다고 울던
그래도 살림 간섭은 안 했다고 고맙던

아이구 춥다며 언 손으로 이불 밑을 찔러오던
때 안 거르는 시절에도 변함없이
착하고 선하게 아끼고 나누던
참 좋던 나의 여자
눈 펄펄 내리는 섣달 스무나흗날 둥실 떠오르는

봄이 떠났었지

봄에 떠난 봄은
더 예쁜 봄을 찾아 구만리를 돌았지
헤매서는 끝이 없는 길이었지
금강산 유점사 법당 뒤에 칠성단 도두뫃고 팔자에 없는 아
들딸 나 달라고
백
.
.
일
정성
원을 말고
타관객리 외로이 난 객을 괄시 마라고
떠나서 떠돌던 봄 돌아오니
방긋방긋 방긋 방긋
막 태어나 세상없이 예쁜 봄이 마구 웃네
묵은 봄 새봄 난리났네
좋아 죽네

아내여

사시겠는가
난 죽으러 가오
백제가 죽고 내가 죽고
땅 위의 벌레와 풀들이 모두 신라가 된다 해도
나와 함께 백제인 오천의 아비들이 다 죽고
그 아내와 아들들이 모두 신라의 노비가 되어
우리 오천의 피 솟는 죽음 소리를 기억 못 한다 해도
나는 백제로 남겠소 백제로 죽겠소
아내여
그대 사시겠는가
십만 적의 목을 겨누려고 칼을 잘 벼려왔네

깜박조는 새

엄마를 따라다니던 날, 친구와 놀던 날 아버지가 꽃을 꺾어
주던 날 할머니가 새 신발을 사 주던 날 할아버지가 아나
오라고 강냉이를 구워주던 날 오빠한테 화장실 바래달라
고 조르던 날 동생을 업고 밭두렁에 젖 먹이러 가던 날 저
금하라고 준 돈 잃어버린 날 강물에 신발을 흘려 잃은 날
점심시간이 지나도록 아버지를 기다렸던 소풍날 개울물에
쓰러진 물푸레나무에서 흘러나오는 하늘빛 물줄기에 홀려
지각한 날 결석한 날
송아지가 울밖으로 처음 갔다가 깜짝 놀라며 뛰어 들어오
던 날 강아지 같은 개가 어미가 되던 날 병아리 열다섯마
리를 데린 어미닭이 울밑을 돌던 날 한발짝 뒤에서 안과
새끼를 지키던 장닭이 세상 근사하게 꼬끼오 소리치던 날
울타리밑에 모여든 참새를 삼태기 고여 잡던 날 개구리 뒷
다리를 구워서 소금찍어 먹던 날 방아깨비 뒷다리 모아서
아침저녁 방아 찧으라고 나오지 않는 쌀놀이를 하던 날 느
삼줄기를 잡고 줄이어 앉아서 가지 하나만 달라고 뱅뱅이
돌며 조르던 날 다리를 엇걸어 놓고 이거리저거리각거리
세어서 도둑잡기 하던 날 풀미 잡이 친구 가운데 두고 널
판지를 굴러서 지붕 밖을 보며 서울이 보인다고 아찔하니
발바닥이 간지럽던 날 어슷자르기한 나무막대기 자를 쳐

서 두 지붕이나 넘기던 날 빤쓰 나오는 줄 모르고 두 팔 땅에 짚고 몸을 굴려 고무줄 넘던 날 그만그만한 강 돌을 한 삼태기씩 쌓아놓고 줍고 내려 놀던 빛 공기놀이 하던 날
다 지나갔다 지나간 게 뭔지 기억나지 않는 것조차도 다 지나갔다 배고픈 날도 슬픈 날도 설운날도 아픈날도 다 지나갔다 재미있는 날도 신나는 날도 즐겁고 기쁜 날도 다 지나갔다 보고 싶고 그립고 아쉬운 생각을 못한 시간도 다
지나갔다

새야

소쩍새 소리 들리네 아오래비 소쩍새
먼 길 가지마라 소쩍
재 너머 재 너머서 봄 밤 깊은 캄캄
비로소 눈 밝아오는 새야
까맣게 앉아있어 대낮에도 못 보는 새야
소쩍소쩍 울어 사랑 찾는 새야
울어 울어 봄밤을 보내면
어디서 사노라고 다시는 소리 없는 새야

너를 기다린 듯 울컥
울음 돋구는 새야
창밖에 울밖에서 호롱불 팔락 잠재우는 새야
잉걸불 등걸불 다 삭은 화로에
씨앗불 잿불도 잠드는 밤에
호랑이 입을 찾아 침 흘리는 새야
누구 배가 고파오든 배 비어가는 시간에
배고파 배고파 솥 적다고 우는 새야

동산에 먼산에 노을도 꿈이 되어 드는 밤에
하필이면 나를 부르듯 너를 부르는 새야

낮인 듯 선명하게 잠을 쫓는 새야
목젖 열어 그리움 부르는 새야
너를 부르며 나를 대답하게 하는 새야
너를 기다리며 나를 깨우는 새야
내 울음 다시 올올이 풀어주는 새야
가만가만 맺지 않은 사랑 돋워주는 새야
갈피갈피 사랑을 끼워주는 새야
아픈데 시린데 다 발귀 놓고 밉지 않은 새야
소쩍 소쩍새야
울지 않고 쩍쩍 속 가르는 새야

아버지 각시야

참꽃 피는 뒷동산 뻐꾸기 소리가 뿌리 박는 무덤가에
숨을 심어 꽃눈으로 세상을 보고 싶다 하던
각시야 아버지 각시야
첫 비녀 지르던 날에도 남몰래 신랑을 훔쳐보고 가슴 떨었
다던
딸기 각시 열여덟 볼에
줄기 줄기 눈물로 꽃 봄 다 가고
동네 아줌마가 된 아버지 각시야

이제 고만 늙어라 애틋한 마음에 꽃잎 지듯 웃으며 편안
하던 입술
봄동산에는 또 꽃 든다 얼른 일어나 저 것 좀 같이 보자

엄마를 낳아야지

엄마를 낳아서 고이고이 길러야지
사랑하며 아끼며 귀애하며 길러야지
한평생 눈 맞추고 환하고 기쁘게 웃으며 살아야지

나를 있게 해 준 높고 깊은 은혜를 갚아야지

하지만
엄마를 다시는 세상에 낳지 말아야지
인간 세상의 질서 속에서
이제 겨우 미투 한 두번 움트는 세상에
아무래도 괘씸한 여자의 살이를
엄마에게 줄 수 없어
사랑스러운 그녀
헤어진 걸로 안녕
다시는 당신 낳을 꿈을 꾸지 않을게

당신의 그림책

나는 어린 강아지
모래 밭에 섰네
모래밭은 넓고 모랫결 아름답네
바람은 날마다 모래면을 흔들고 흔들린 모래에 조그만
발을 옮기네

얘야 배꼽을 보여주렴
모래 밭에서 배꼽을 보여주네
나는 어린 강아지 모래밭을 가네
엄마는 멀고 내 발자국은 묻히네
얘야 배꼽을 보여주렴
모래 밭에서 배꼽을 보여주네
나는 어린 강아지 모래 밭에 바람이 부네
엄마가 보이지 않네

어이 배꼽을 보여줘
모래밭을 들어서면 배꼽 간수를 해야 했네
어이 배꼽을 보여 줘
배꼽엔 모래가 들고 털이 났네
잃어버린 배꼽 잃어버린 엄마

배꼽을 보여줘 배꼽을 보여줘
모래 바람이 끝없이 배꼽을 보여달라네
배꼽을 보여준 만큼 나는 무거워졌네
배꼽에 숨었던 엄마가 멀어지고 배꼽도 잃어버렸네
모래밭에 깊이 박은 다리
오아시스도 신기루도 배꼽없이 보네
배꼽은 엄마였네
엄마가 만들어준 배꼽은 세상에서 가장 위험한
내 물건이었네

백설아

일어나
죽었다고 착각하지마
그 사과는 독이 없어
사과를 먹고 죽은 인간이 어디 있니
듣도 보도 못한 연극으로 세상을 홀리지 마
그런 교활한 세상은
그런 몹쓸 세상은
아니 그보다 먼저 그런 어리석은 인간은
세상에 미리 보여주는 게 아니란다
못난 인간일수록 본보기를 잘 해서 너 이후 험해질 세상이
두렵다

그러니
아무도 눈치 채기 전에 얼른 멀쩡하게 일어나
공주 놀이에 빠져서 정신을 못 차리면 그런 꼴이 난단다

말씀

배두 떼두 물 맑을 잘 타야 해

물 맑?

물마루 말이여

은제든지 흐르는 물은 복판이 높그던 그기 물 맑인데

가에가 낮어

나뭇잎이든 나무토막이든 가아루 밀레 감 가운두루 못 오잖애

그러어 갔다가 오드래두 다시 복판까지 들어야 속도가 나구 잘 간다구

강산을 안 보구 살 순 없지만 물 맑을 잘 보구 놓치지 않두룩 맘을 써야 한단 말이지

국화는 피어 가고

오늘 밤이면
열여드렛달이 돋겠다

수수 섶 더미에 장난 불이 타오르고
창호문이 밝아오는데
문 안 사람들은 달인가 불인가 말로 가리다가 문을 열었다
이미 불꽃은 삼이웃 마당을 비췄다.
사람들이 우루룩대고 강물을 진 총각들이 허둥대며 달렸다
그만하길 다행이라고 아새끼들이 싸잡아 꾸중을 듣는 등
뒤로 열여드렛 달이 환했다

일곱살 지지배 하나가 기둥뒤에서 저 혼자 컴컴하니 혼나
고 있었다
내년 내년 밝아오는 달밤마다 정신 줄 아득하니 살아오는
불난리였다

팔월에

열나흘 달이 기울고
한가윗달도 기울고
열엿샛달도 기울고

스무날 오늘 달도 기울었으련만
달구경은 사날 했으면 됐지싶은데
비가 주룩거리는 소리 들으며 문득
비구름까지 왔다가 되돌아가고 있을 달빛 생각난다.
보고싶다
스무하루
내일 저녁 해가 산 그림자를 끌기 시작하면
네 살 터울 동생이 태어나고
나는 엄마 등에 달이 들도록 빈 등을 만지며 엄마가 그리
워서 외롭기 시작했다

폭설 신행

신랑은 애저녁에 걸었다
눈이 푹푹 내리고 가마가 출렁거렸다
가마 안의 색시가 이리 저리 쏠리다가
살짜기 밖을 보니
새신랑 얼굴이 시커멓게 얼었다
가마를 잠깐 내려 주세요
원삼족두리 새색시 꽃발이 눈 위에 놓였다
꽃신이 눈 속을 들락거렸다
가마꾼들이 황망히 앞서서 눈을 밟았다

날이 저물어
마중 길 횃불을 붙이는데 막 당도한 새각시가
집 앞에서 가마를 탔다
마당을 질러 마루 끝에서 부축을 받으며 내렸다
원삼자락이 마루에 서걱거리며 끌렸다

우인이 옆을 끼고 거드는 절을 한 참 한 새 각시가
젖은 치맛자락인 체로 겹쳐 깐 신혼의 요 위에 앉았다
맏동서가 새 버선을 찾아오고 새각시는 돌아앉아 버선을
바꿔 신었다

건넌방에서 아이들은 코를 골며 자느라 각시구경을 못했다

동이는 사라지고

물이고 가는 엄마를 졸랑졸랑 따라가며
고무신 속 발가락 꼬부리고 펴고
주머니 속 손 넣고 꺼내고

엄마가 방긋 웃으며 손을 내밀었지만
엄마 머리 위에서 찰랑이는 물과 일렁이는 바가지와
흔들림을 맞추는 고갯짓을 잠깐 보고
도리도리

젖고 언 한 손에 걸레 그릇 들고 남은 한 손 내게 주는 엄마
뭉클한 마음도 들키기 싫었지만 자칫
찰랑이던 물이 바깥으로 튀어나오거나
동이가 중심을 놓아 찬물 바람하면
치마가 닿지 않는 거리로 팔짝 뛰어갈 것만 같아
다시는 엄마에게 닿지 못할 것 같아
엄마 치맛자락에 닿을락 닿을락 따라오던

길은 사라지고
동이도 사라지고
엄마도 사라지고

태생

나는
동백꽃 봉오리 막 열려 절반쯤 붉을 때 달려들어 빨고 싶다
그 깊은 속에서 빨리지 않는 엄마 생각에 망아지처럼 히잉
히잉 울겠지만
붉은 동백의 젖꼭지가 몸살로 피면
엄마의 속살을 들여다보듯 엄마의 뱃속으로 들던 길을
골똘히 들여다보겠다

엄마가 살을 잃어가며 나를 내보내려 애쓰던 날
눈을 감아 못 보았던 그 길과 숲을 생각하겠다
엄마는 꽃봉오리 붉혀 내 입에 물리고 아야 아야 울었다.
그리고 나는 온 데를 모르고 갈 데가 있다고 믿었다
있었던 데 있고 거기서 왔지만 갈 데는 없다
갈 데 없어서 온 데 생각하며 동백 젖꼭지 물고 다시금
으앙으앙
발버둥이치며 떼쓰며 울었으면
울었으면 한다

2부

아리랑

간밤에 잘 잤네
구중궁궐 깊은 두메에서 골짜기 어귀까지 나왔네
삶에 차일 줄 모르고 꿈이 채워질 줄 알았네
스물다섯 어지러운 나이로 나와 서른해를 살고서야
쫓겨난 걸 알았네
아직 한 꼽재기의 눈물을 만들기 전이었네

아리랑 그대 나를 버리고 저 홀로 남았네
다시는 아니 받으리라 빗장 걸었네

간밤에 잘 잤네
이젠 죽어도 못 가리라 다시는 맑아지지 못할 시커먼 희망
하나가
새 달처럼 걸렸다 사라지고
한 꼽재기의 눈물을 만들지 못해 돌아갈 길이 사라진 걸
알게 된 밤이었네
아리랑 앓는 소리 허접하게 씹은 밤이네

남들처럼

책을 야물딱지게 말아서 어깨에 엇걸어 매고 가던 오빠나
허리춤에 딱 붙여 매고 가던 언니들을 보면서
나도 강종강종 뛰어서
얘들아 학교 가자고 길 나서고 싶었지요

그러다가 앞집 언니는 빨갛고 예쁜 가방을 들고 다녔고 아랫집 언니도 잇달아 빨간 가방을 들고 나룻배를 타고 갔습니다

책보는 속을 드러내야 뭘 더 넣어 묶을 수가 있고 가방은 누구 볼 새 없이 열고 넣고 닫고가 되었는데 뭣보다 그 밝고 빨간색이 보자기보다 예뻐서 책보를 매고 뛰는 일학년이 신나지 않았지요

엄마 가바앙을 몇 번 했지만 엄마가 가바앙을 몇 번 하고
삼년을 내리 가방들 속에서 책보로 다녔는데
앞집 언니가 졸업을 하면서 준 빨간 가방은 책보만큼이나
시들했지만 빛나는 졸업장까지 받았습니다

그림

달빛 아래서
아버지는 이엉을 엮었다

삼간 초가를 덮을 보릿짚
아버지가 쉴 참이면 나도 영개를 엮고 용마람을 엮었다
아버지가 성글다고 비 샌다고 말렸지만
조금만, 꼭꼭 할게 자꾸 자꾸 이엉을 굴려 냈다

일주일 밤낮 아비딸이 만든 이엉은 동네사람 거들어 하루
식전에 제 자리로 갔다
아버지는 쟈가 한 게 많으니 초물게 돌리라고 하고
우리 집 지붕은 옆집보다 두 띠 더 많은 달팽이 지붕이
되었다
새 지붕 아래서
아버지 구멍 뚫린 난냉구가 빛났다

불 키까

달이 뜬 마당이 캄캄했다
마당보다 더 캄캄한,
금방 벼린내 푹푹 나는 세 남자가 삽짝을 베고 들어왔다

니 아버지 찾는 으름장이 마당을 쾅쾅 그러박았다
갑자기 조그매진 울타리
마루 하나를 채우고 나온 아버지가 마당에 앉는다
나가지
얘기 해
얘기 하자고
해
사랑방에
안방에
저 사람들 얼굴 봐야 하는데
캄캄한 마당에서 불 켜지 못해

불 키까?
불 키까?
애 닳던 일곱 살의 밤에
세 장의 칼 잎 같은 한당이

담을 낮추고
삽짝을 날리고
갔다

세월은 진화하지 않는다

산골가시낫적에
소쩍새 소쩍소쩍 깊이 우는 밤이면
젊은 사내 가슴 냄새가 맡고 싶었다
낯이 익지 않아서 설레고 알지 않아서 좋이만 가차운
따뜻한 살에 닿고 싶었다

산골가시낫적은
재만 넘어가서는 안 되고 내를 하나 더 건너서도 안 되는
서울 하늘 밑
조그만 방에서 연애질을 수다하며 반짝반짝 웃고 싶었다
그런 날은 풋콩 넣은 보리밥에서 자꾸만 싫은 내가 났고
입쌀 알갱이처럼 뽀얀 서울 간나들이 부러웠다
아무것도 다급 할것 없이 밤이 늦고 소쩍새 소쩍소쩍
우는 밤이면
다시금 빠락빠락 두드리고 놀아도 좋을 가슴이 뭉클 생각
났다

지금
돌아오지 않는 것은 다 좋았던 것들이다
돌아오는 것들은 다 그냥 그런 것들이다

머해

거 머해?

어, 엉겅구 뿌래기 캐느라구

엉겅구 뿌래기는 멋에 쓸라구?

홧빙에 좋다니 쌂어보까 싶어서

재기가 홧빙이래?

우리 어머이가 홧빙이라네

이원한테 갔다 왔어?

이원은 그런 소리 안 하는데 어머이가 그렇다 하니

홧빙에 엉겅구 뿌래기 좋단 소린 누가 해?

어머이가 하대

참 속두 좋워 재기 땜에 홧빙이라는데 그거 먹는다구 낫겠어?

그기래도 잡숫구 수워 그리나 하구 해 디리는기지

맞어 쌂어두 지 맘 지 가주 있을끼니 그 까시가 속에 들어가설랑 홧등거리를 그저 막 여게저게 찔러대서 터지기만 함 낫긴 낫겠네

낫든

기끈 공딜에서 낫든이 머여? 하긴 그 인세에... 마이 캐 말든

점보기

돌을 맞은 아이가
떡시루에 매달려서 떡시루가 움찔 앞으로 쏠렸다
앗 저 저 저
아이구 먹을 거 걱정은 평생 안 하겠네 한바탕 축원이 있고
영문을 모른 아이가 주춤 하다가
공책 장을 넘기며 옹알옹알 읽더니 연필을 들어 휘적쉬적 그었다

애가 탄 고모가 거들었다
돈 집어 돈 돈 저기 있네
그렇지, 에구 우리 애기 잘 살겠네
엄마가 방긋 웃었다

울지 마라

울지 마라 이죽알

비키가우

나는 못 하우

그래는 못 하우

새끼가 제 새끼 굶게 줘이게 생긴 걸 보구 죽 한 봉그래기 국시가달 하날 어떻게 넴기우 차라리 딸 절에 놨다가 같이 갈라우

그래니

이 할망구하구 큰 딸하구 한꺼번에 다 잃을라그든 말기가 우리 영감할미 굶드래두 오늘 저 쌀을 퍼 갈라우

날 막기만 막으믄 딸로 못 살리는 이누무 집구석 불 확 싸 질르구 뒷산으로 새끼 가주 갈기니

그 새

제비꽃이 폈더라
언제 나와서 잎도 달고 꽃도 피우고

참꽃도 피겠더라
봉오리 빨긋하니 비 한 번 맞으면 활짝 피겠지
산비탈 돌틈에 뿌리를 박고
어떻게 겨울을 나고는

얼른 가그라
낼모레 첫 출근 한대민
포대기 끄리고 첨 본 지 을매 안 된 거 겉은데
은제 커서는 지 밥벌이를 하고

꽃 피믄 겨울 하나 간 기고
아 하나 크믄 세월이 그만치 간 기고
우리 영감할미 이렇게 늙구

예쁜 꿈

나는 죽어 누구의 먹이이고 싶지만
누군가가 맛있게 먹고 새끼를 배고 사랑도 하고 살았으면
하지만
새근 새근 자고 꼬물꼬물 기었으면 하지만
이 못 돼 먹은 세상에서 그런 사랑스러운 일은 꿈 꿔 봤자
헛일

그래서 할 수 없이 내 주검을 불에 넣으면
불 속에서 내 살들은 돼지고깃점이 익듯이 금방 꺼매지고
오그라들겠지
물기 많은덴 피싯거리고 푸싯거리겠지
기름기 많은덴 지글지글 끓겠지
그렇게 타들어 가다가
창자도 푹푹 터지고
염통밥통 하는 것들도 빵빵 터지겠지
손가락발가락은 서로 닿았던 적이 없는 것처럼 깔끔하게
따로 떨어지고
나를 잡아먹으려고 가뒀던 눈구멍도 입구멍도 드러나겠지

그러면

안녕

나

인간 밖으로 간다

이젠

공을 가지고 놀아도 금개구리는 나타나지 않고
숱한 눈 속에 들었어도 백설공주가 아니었다
책 속에 코를 박고 울어도 고개만 들면 냉랭하니 슬펐다
일곱 겹 요 아래 콩알이 배겨서 잠 못 들었던 공주는 이제
쯤은 늙었을라나

숱한 열두시가 지나간다
호박마차는 어디서 만들어지나
눈이 기막히게 많이 내려도 나는 어여뻐지지 않고 나쁜 엄
마는 나타나지 않았다

슬퍼라
예쁜 공주는 버림받거나 쫓겨나고 멋진 왕자는 부모 없이
백년을 기약한다
이젠 어여쁜 공주가 되어 슬프기도 싫고 본 데 없고 제멋
대로인 왕자도 싫다

콩 씨를 다섯 개씩 넣고
그래도 씨값이 넉넉하게 들어가는 게 낫지? 하며 샐쭉
웃던

풋풋 살아서 늦도록 엄마를 해 준 이가
왕비가 아니어서 참 좋다

먹는 일

그 분께는 병이 있었다. 먹고 잘 삭는 것만 드시라고 해서,
거친 나물과 거친 곡식을 가렸다. 그 이는 며느리 몰래 삶
아 먹기 나쁠만치 굳은 옥수수를 꺾고 쇠죽을 일찍 끓였다
급히 구워 먹은 옥수수 빈통을 소 입에 넣어주었다
밥만 드셔도 안 되는 병은 깊어져서 끝내 숨을 거두었다
맘대로 드시게 할 걸
나쁜 며느리가 오래 울었다

며느리가 병이 들었다 수술은 잘 되었다. 잘 조섭하면 나을
거라고 퇴원을 하는 날
엄마, 죽을 사 왔어요. 내일은 죽을 쒀가지고 올게요
며느리는 그 밤에 죽었다
이번에는 딸이 울었다
딸이 아프다가 죽으면 또 울음이 터질 목구멍이 있다

한 끼니로
한 울음을 건너고 한 아픔을 쉬고
그만큼씩 견딘다

아버지를 사랑했다고 믿었다

아버지 삽을 왜 씻어
이제 삽으로 하는 일은 다 했어
그냥 두면 되지
인제 언제 쓸지 모르니

공을 들이지도 않고
휘딱 해 치우지도 않고
물에 잠긴 삽을 오래 쓰다듬던 아버지는
물 속에
마치 잘 가란 듯이 밀어 넣듯이 흘렸다
삽이 물고기처럼 흘러갔다
아버지 삽 삽

삽을 찾아 헤매다 아버지도 잃었다

꽃밭은 어디로

아빠하고 나하고
채송화도 봉숭아도 빨갛게
해바라기 나팔꽃도 어울리게
흥흥 졸라서
일곱 번 열 번 바지게 흙 져다가
마당에 새끼줄 둘러 꽃모종 심었는데
몇 며칠 기다려도 도무지 안 자란다

며칠도 못 참고 게 뛰 겅중겅중
비석치기 땅따먹기 정신 놓고 노는 동안에
꽃모는 울타리 밑으로 가고 마당엔 보리가 털리고

문득 찾은 봉숭아 울 밑에 빨간데
저게 내 꽃인가 아버지 꽃인가
별 뜨도록
불 꺼지도록
사라진 내 꽃밭
아버지 꽃 앞에 서서
한참이나 깜깜 웅크리고 서서

배가 오는 날

배 올라오는 소리를 기다려 아버지를 거들고 싶었다.
배 터에 댄 배에서
순이네 짐은 순이네 리어카로
우리 짐은 우리 리어카로
아버지 이게 우리거야?
이게 우리거야? 하는 말은 강 건너까지 가고
그래 우리거야 하는 말은 버덩을 채우고 집으로 갔다

순이네 리어카는 순이네 아이들이
우리 리어카는 나와 동생이
밀고 올라가는데
아무리 용을 쓰고 밀어도 순이네가 앞서고
밝아오던 달은 어둑해졌다
순이네가 호롱불빛에 스며들고
우리는 강을 끌고 들어왔다
엄마가 차려놓은 저녁상 앞에서
배가 마이 고프네 점심을 굶었더니
빈속에 배를 어떻게 끌고 왔어, 얼른 잡숴
엄마 말이 쓰리게 끌려 문지방에 걸리고
나는 뱃속이 깜깜해졌다

광복절 아침에

빚 십 이원에 동생이 팔려간다고 해서
선금 삼십원으로 빚 우선 갚고
이십원 준다는 월급 꼬박 부칠테니 가족들 먹고 살라고
열다섯 살 삼대독자 외아들
일본가는 배를 탔다

배 고프고 춥고 병들고 고단한
지옥 같은 가둠살이 채찍 맞으며 번
돈이 집으로 가면
아버지가 애껴서 대문도 달고 울도 세우고 송아지 바리나
키우고 계시리라

이태를 지나는데 광복이 됐다고
돈이나마나 만주에다 한 배 사람을 부려놓았는데
뱀도 먹고 쥐도 먹고
풀뿌리 나무껍질 지렁물도 마셔가며
걸어
걸어
강원도 정선 고배이까지 왔는데

동생도 누이도 다 흩어지고
누더기 집에 아무도 없더라는데
관청은 모르쇠 하나도 모르쇠

광산에서 맞으며 귀가 멀어
소리소리 질러 임자 여보 부르며
남의 땅 소작농 품팔이 하며
사든 터에 사노라면 만나겠지 기다렸던
잽혀 간 누이 하나 팔레 간 누이 하나는 끝내 못 만나고
남들 미수 백수 사는데 환갑 겨우 넘기고
그만 하면 잘
가신
진 외할아버지
생각하며 태극기 달았다

동갑살이

나물 무치고 국 끓이고 밥 하고
밭에 가고 나무 해 오고
부부싸움 하고 손님 오고
닭이 울면 일어나고 해가 저물면 잤다

떡을 해서 돌리고 돌잔치를 했다
아이가 자라면 맞절을 하고 대추를 받았다

쌀을 빻는 일이며, 방을 넓혀 집을 만드는 일
이웃으로 가는 길을 내고
울타리를 만들었다
지팡이를 짚고 다니던 할머니가 죽고 장사를 지낸 할머니는
다시 아기로 태어났다

뚝딱 만든 학교에 가서 공부를 하고 받아쓰기를 했다
선생님은 회초리를 들고 칠판을 두드리고 손바닥을 쳤다
노래도 배우고 달리기도 했다

그렇게 잘 사는 우리를 웃었다
우리는 재수가 없어져서 거기까지만 살았다

3부

분홍

삼동치 간다

재너머 든돌네

터덜거리는 작은 몸에 들었던 울음이

톡 톡 터져나와

꽃 점 꽃 점

배어든다.

꽃 사람 없는 꽃산

나무꾼 없는 산에

자욱한 연분홍

헛헛증

어머니, 떡을 쓰세요
저는 글을 썰게요
백주 대낮에 형광등 불을 밝히고
글자가 도망치고 싶게
눈을 부릅뜨고 들여다보며 칼을 댈게요

어머니가 떡을 쓰시는 동안 저는 허기지지 않았어요
그러나 어머니 모르시는 거 있어요
제가 글을 썰고 말을 오리는 실력이 아무리 늘어도
어머니가 쓰는 떡처럼 편하게 배부르지 않을걸요

그래도 저는 어머니처럼 떡을 쓸 수는 없어요
허기지고 주릴 줄 알면서 먹지 않을 글에 매달리겠죠,
죽자고
글을 썰고 말을 오리는 것만 배우고 익힌 저 때문에
세상은 어지러울 거여요
미안해요 엄마 엄마 미안해요
어머니도 저도
세상에 고맙긴 글렀어요
글을 잘 썰고 말만 잘 오리면

영광된 길 훌륭한 짓이라고 세상에 본을 보이려던
그것
그것 덕분에
어머니의 떡이 된 쌀과
쌀을 만든 농부들이 우스워지면서
한나라의 양심이 물크러지고 썩어 빠졌어요

어머니
어머니는 떡을 쓰시고
제게 떡을 썰라고 하세요

떡을 썰 수 있도록 쌀을 만들라고 하세요
쇠등에 멍에를 메워 같이 살라고 하세요
허름한 옷과 간단한 음식으로 살라고 하세요
저는 글을 오리며
캄캄 저물어가는 밥 가운데서
낫 놓고 기역자 배운 날을 그리며
어머니의 떡 써는 소리 듣습니다

순한 답

저언에 이웃 안 으른 양바이 딸 혼삿 날 받어 놓구 눈이
이러엏게 오는 걸 넋을 놓구 내다 보다가 혼첫말처럼
사다 보이 쉰두 지내가드라고-
참말로 지내가는 쉰이라는 뭘 보듯 말하는데 스물 다섯
가슴이 찌리이 하드니
시집 오구 아 낳고 메느리보구
나두 그래애 그래 사다 보이 나아 쉰이 지내갔네. 지내긴
지냈지마는 지내 간 것두 겉구 안 지내 간 것두 겉구 인제
이러어 하이 사다보믄 또 그 으런 말마따나 이누무 이른이
은제 됐는지 몰러- 그리구 있겠지-
사는 기 그저 지 각기 지 사느라 해두 돌어보믄 다 남 사듯
했다는 말도 아매 가심에 들 날 있을거여 안 그러까?

봄만

옛날에
꽃 속에 숨어 있는 꽃 사람이
꽃을 주래~ 돈을 주래~ 하거들랑 꽃도 싫고~ 돈도 싫다~
하고
뛰 오랬는데
돌짜드락에 뛰 올 생각이 아득도 해서 바라만 보다가
아버지 봄 지게에 꺾여온 꽃송이를 따 먹으면서
맨 허기 돌던 뱃구레

날마다 가슴 성한지 만져보던
산비알 참꽃 낭자히도 붉은데
지게 진 아버지도
추운 봄밤의 꽃 사람도
간을 뺏기지 않으려던 아이도
이야기도 노래도
다 어디로 갔다

꽃만
자유롭게 만산 온산 남아서
나를 부른다

착하게

네. 엄마
곧 불을 끌게요
곧 잠을 잘게요

그런데요.
깜깜한 밤인데도 저는 잠이 안 와요
오빠하고 윷을 놀고
동생 썰매를 밀어주고 싶어요

그리고
그리고는요
잠 들 시간까지 지저귀는 아이들의 분홍부리를 보고 싶어요

그렇지만
노는 것도 못 배운 저 새끼들을 재겨딛고
자겠어요
착하게요

거울보기

처음 꽃이라고 본 건
할미꽃이었다
엄마가 들려준 이야기가 있는 꽃
엄마 젖살이 불룩 밀려나오고
젖꼭지를 문 동생이 옆으로 매달려 있었다
아궁이 불은 약해져서 밥이 잦아가고
이맛돌에 새카만 그을음이 두터웠다
부지깽이 끝에 불이 붙다가 뭉그러지고 다시 붙었다
할머니는 왜 처음에 작은 딸을 안 찾아갔어
그러게
나는 안 그리께 엄마는 우리 집으로 와
너는 안 그래애?
큰딸인 엄마가 글썽 웃었다

엄마는 우리 집으로 오지 않으셨다
다시 언덕에 어디에 할미꽃 핀다
나는 큰딸이 되었다

다시 오는 봄날

내
하룻지역 놀어는 줄 끼라고 질 알 집 질 웃 집 마당 근넷 집 산비알 집 음달집 솔 밑 집 둔덕 집 구덩 집 장구뫽이집 꼭대기 집 가닥뫽이집 아홉사리집 밤나무집 돌집 재집 끝집 물가 집 방울이집 든돌집 가느골집 배나무집
다 오래서
묵은 짠지 쉰짠지 쪼들어서 맨두 한 소반 빚고 골봉 겉은 고구매 주먹 겉은 감재 한 솥 무르게 쌂고 총각짠지 갓짠지 양푼으로 꺼내 놨드니
참말로 놀어만 줄 거 겉앴는지
오는 집집이 바개이 바굼치 양푼 줄줄이 옆에다 찌구 와설랑 생긴 음석은 다 먹구 가야 한다구 밤새 배 안 아프고 잘잘라믄 소리를 해서 삭에야 한다구
웃구 웃구 웃구
소리하고 어러리하구 둥당거리다가
고무신 짤짤끄는 시어머이 하나 납시믄 '우리 아 이미 여게 있는가?' 하는 소리 다 끝나기 전에 이웃 메누리들이 나서서는 오셌어요 가셌어요 잡소요 달어요 하민 혼을 둘러빼 돌레 세우구 노다보이
그 많든 음식도 동이 나구 밤두 동이 나서 길을 나스는데

배웅 하는 마당 가에 지는 달이 뜨는 달처럼 산우에 걸렸
는데 미처 못 한 신명이 아직도 남어설랑 오줌 누는 허연
궁뎅이가 들썽들썽 하는기여
그렇게 오지게 놀기는 그기 츰이구 마지막이지요 머 그지
요 성님?
팔순잔치에 모인 동무들하고 얼굴이 빨갛도록 웃던
청춘들

어디로

위례성으로
깡통커피를 들고 가던 낮 열 한시의 여자
이천십육년 이월 스무하루 눈 내리는 백제
비운 깡통 구겨서 뒷주머니에 꽂고
가네
위례성
눈 내리고
칠백년 전을 못 느끼는
맹숭한 여자
사람이야기를 못 보는
당달봉사여자
숨쉬면서 가슴 뛰지 않는 여자
계백을 살려 둘 걸 그랬네

계백이 죽고
황산벌은 사라지고
위례성문 열렸는데
바람줄기보다 가벼워
죽은 사람도 품지 못하는 여자
멀어진 백제보다

날리는 눈발보다

더 써늘한

21세기의 막힌 여자

달 떴다

반달 떴다
사진 찍으니 보름달 같다

이월 초 여드레
해도 밝고 달도 밝은 날
그때처럼 달 떴다
넋이 다 빠진 밤
창호 문구멍으로 들던 달빛
엄마가 처음 된 그날 밤
돌지 않는 젖꼭지 밀어 넣으며
울지 말고 먹으라고
우는 새끼에게 약처럼 내 몸을 먹이던
그 밤 같은
반달 떴다
저 달은 어디서 새끼에게 젖을 물리고 반 젖 되었을까
그 몸 푼 자리 달 젖 먹는 어린것들
옹알옹알 우는 소리
재너머 골짜기쯤에 잠 들었겠다

진달래

왔는가 사람
내 때에 온 사람
해마다 새로운 건 자네도 마찬가지
가만 낯익고
피 도는 얼굴이 반갑네

가는가 사람
자네 때에 가는 사람
무심코 일어
눈 마주치는 거

잘 있게 사람
봄도 나처럼
하늘도 우리처럼
밝았다 저무네 그려

가위

흙탕물에
돼지가 떠 내려갔다
흙탕물에 소가 떠내려 갔다
개는
옛날이야기였으므로 떠내려가지 않았다
그리고는 드디어

사람이 지붕을 타고 떠 내려갔다
아무도 그를 살려줄 수 없었다
하늘은 비를 뿌리는 일이 바빠서 사람들 사이에 있지 않았다

1972년 여름을 오래 꿈꿨다
덩실덩실 일어나는 물여울 두툼히 오려서
심청이가 탔던 것처럼 큼직한 연꽃을 띄우고 싶었다
발 동동 구르다 깨면 빗소리가 들렸다

돼지도 소도 사람도
살아오는 걸 본 적 없는 흙탕물 속에 조그만 주먹방이
샅샅이 젖어들었다

박

내가 너를 볼 작시이면
예쁜 바가지 맹그러서
물동우에 늫고
찰랑찰랑
이마 훔치며
방뎅이 얄랑거려 흔들거나

갓 푼 보리밥 담아 솥 안에 넣어뒀다가 빨래 한 대야 빨아
널고 출출한 점심나절에
절반은 삭은 화롯불에 얹은 된장국에 말아서 마치 맞게 한
숟갈 푹 퍼먹거나

하는
실질적이지만 실질적이지 못한 따뜻함을
그런 택 있는 꿈을 꾸기도 하지만
다리 안 다친 제비 생각난다
제비보다 더 얇게 살았을 흥부 생각난다
울며울며 흥부를 안쓰러워했던
어린 애 하나 생각난다

당신은 누구

딸이 뒤통수를 찍어 놓곤 이뻐 죽겠단다
뒤통수 이쁜 엄마도 좋겠다
보랏빛 월남치마 입고
흰 바탕 빨간 매화꽃 무늬 쉐타 입고
바람꽃 핀 새물내기를 지나 멀어지던
엄마는 석양에도 못 오시고
깜깜 밤이 돼서야
엄마가 오기만 하면 정말 말을 잘 듣겠다고 속 다짐을
몇 번이나 하고
삽짝문을 잡은 맹세로 목이 아프고도 한참 저물어서야
간신히
갈 때 같은 보퉁이를 이고 와서는 달라진 물건을 꺼냈다.
저 낯설고 재미있는 걸 버리고 어떻게 왔는지 골똘하다
잠이 들면
엄마는 무지개를 잡고 팔랑팔랑 혼자 그네를 탔다
아슬아슬 안 보이는 얼굴과 잡히지 않는 치맛자락을 따라
가다 보면 어느새 허당 높이 나는 떨어지고
아가리 깊은 골짜기에는 입 큰 짐승이 눈을 부라렸다

뒤통수 이쁜 엄마가 좋은 딸

장에 간 엄마 뒤꼭지가 서러웠던 딸

딸을 보면 엄마 생각이 난다

소쩍새 우는 밤

솥 적
솥 적
솥 적 새 울어요.
내 솥이 적은 걸 그는 왜 말 해 주는 걸
까요

솥 텅 솥 텅 솥텅새 울어요
내 솥이 빈 걸 왜 자꾸 나는 말 하고 싶을까요
가슴 작고 맘 쓰는 것 넓은 새가
솥 쩍 솥 쩍
큰 솥 준비하고 많이 기르라고
떠먹이듯
이르고 또 이르는 밤
깊은 베개에 코를 묻고 생각 없이 잠 들려고 해요
새는 울다 자고
나는 자다 깨겠지요

오누이

아버지가 장가를 간다고
아버지가 타고 갈 마차가 왔는데 집에 있는 경운기만큼이
나 낡아서 다른 거 부르라고 막 울었어 그런데 다른 게 없
고 그걸 타고 가야 한대
아버지 각시인 엄마는 안 보였어. 시간이 되어간다고 사람
들이 웅성거리는 소리를 듣다 깼어
이런 꿈 이야기 헛거겠지만 오빠한테 말 해 주려고

높은 재 너머에 살았던 적 있다

재 아래 사람들은 가끔 소통이 안 되었다
그러면 재를 넘었다

궁금하면 저 쪽으로
답답하면 이 쪽으로
토끼처럼 노루처럼 재 너머에 살았다

소통하지 않으면 편하고 소통하려면 불편했다

다시 재 너머 사람의 세상
아직도 사람의 말을 다 못 배워서
종종 말이 막힌다
저 쪽 신호가 낯설고
내 주파수는 저 쪽에 기지가 없다

가을 비가

가을비가 앞뒤로 후달굽니다
가을비에 갇혀서
오래 취조 당했습니다
다 벗긴 기분이었고 다 본 모양이었지만
아무 자백도 하지 않았습니다

빗소리 홀로 투닥탁 툭탁 물러서고
속 빠진 껍질 하나
빈방에 돌아와 허물어졌습니다
아무도 위로하지 않는
허물의 밤입니다

봄이 오는 까닭

할미꽃 안에 가득
노란 영감님들
줄줄이 새끼 할미 만드는 할애비들
아나 봐라
훌렁
뽀얀 치마를 걷고
빨간 할머니들 비로소
호호호 서서 웃네
이빨 다 빠지도록 하얗게 웃고 나면
할미새끼 풍성해서 봄은 또 오겠네

아이야

무슨 꿈을 꾸니
꿈 아니면 니가 원하는 그 세계를
살아서야 살겠니
꿈이어서 슬프지만
꿈이 있어서 더 슬프다

안 된 날이
된 날 없이 지나갈 거라는 거
그걸 알아 다행인 아이야
그걸 알게 되어 서러운 아이야

꿈이란 좋고도 몹쓸 것을
빨래를 개듯 개어 넣었다가
가끔 입을 듯 꺼내어 보고
다시 넣어 버리는 아이야
고개 저으며 툴툴 털고
아프고 아린 세상으로 썩 나서서
거칠게 부딪쳐 예쁘리라
날품으로 팔려가는 아이야

계집애 하나가

아들한테 에미 몸 풀었단 말을 던지고
손자를 기다리던 할머니는 큰 딸네로 가고
할머니를 믿고 놀러나 갔던 아버지가
느긋이 돌아와 다급히 불을 넣을 때까지
동지섣달 얼음구덩이에 태어난 햇것이 새파랗게 얼어갔다지

찬 구들에 누워 있던 엄마는 산에 가서 눕고
엄마 따라가려고 흰 머리 가득하네
좋은 날도 궂은날도 꿈처럼
몽롱한 봄
추워도 얼지 않는 겨울을 살아났네

이제 꿈을 깨야겠다

바람이 부는 숲에서
날품팔이로 하루치의 먹을 것과 이틀치의 잘것을 헤아리고
먼지 묻은 머리칼을 손으로 털며
빈 집에 들어와서
소복한 가족 속으로 들어가지 못하는 마음이
그네타듯 흔들리던 꿈

둘이 앉아서
혼자 먹듯 저녁을 먹고
혼자인듯 말하지 않고
헛탕인 생각을 골똘히 굴리다 벌떡 일어나던 꿈

자리 깔아 베개 품고
목까지 이불 덮고
아침이라고 눈을 떴던 꿈을

하룻밤 맨정신으로 쉬고 나면
같은 꿈을 또 꾸겠지만
깨 있는 동안에는 시시한 일로 마음쓰지 말아야지

꽃밭을 지나다가

네 딸과 한 엄마가 꽃밭에 들어와
세 딸이 엄마를 꽃밭에 세우고는 애기 재롱 보듯 하는데
한 딸이 제 사진 찍느라 고개 갸웃하고 브이하고 하늘을
보며 꽃을 잰다

한 아이와 세 여자 어른이 꽃밭에 들어와
한 아이를 앉아라 서라 돌아라 이리저리 부른다
아이가 기꺼이 팔랑팔랑 몸을 옮긴다

이제 곧 귀해질 부모와 독립할 새끼 둘이 꽃밭에 들어와
둘이 셋이 연신
이쪽에서 찍자 저쪽에서 찍자 권하며 응한다

청년의 남자와 여자가 꽃밭에 들어와
여기 서서 곰곰
저기 서서 한참
그윽히 바라보다 마주 웃고
돌아와서 다시 쭈그리고 앉는다

두 남자아이와 부모가 꽃밭에 들어와

생각 깊이 꽃을 안을 듯 쓰다듬다가 한송이를 뚝 따서
아우에게 준다
깜짝 놀라던 어미 얼굴이 활짝 핀다
아우는 받은 꽃을 한참 보더니 제 엄마에게 건넨다
그걸 아이 아빠가 사진 찍는다

꽃이 피고 또 피는 꽃밭이다

4부

비 온 뒷 날 아침

촉촉한 길을 걸을 땐
조심히 할 일이다
맑은 이슬이 깜짝 자지러지고
길섶에 풀꽃이 아침잠을 설칠뿐더러
마음 급한 뱀이 거친 나무를 타지 않아도 되게
스르륵 비키는 시간이 충분하게
서로 알기만 하고
다시는 안 만나길 바라며
두근두근 헤어지게
더 밉고 무섭지 않게

촉촉거리고 비가

솔잎에 내립니다
촉촉거리고 비가
노란 솔잎 위를 지나듭니다
사라지는 빗소리를 듣습니다
촉촉거리고 비가 파고들자 솔잎은
노른빛 바깥으로 붉은 빛을 입습니다
12월 중순에 내리는 촉촉한 비는
뒤돌아보지 않습니다
싸늘하게
강보에 싸이듯 솔잎 속에 들어
언제나 명랑하던
나무위의 시간을 서로 베고 잡니다
그게 참 싸늘하고 좋습니다

낮졸음

잠시 낮졸음에 깜빡꿈을 너댓개 엮었는데
엮기 전에 이미 제각기 아른아른 나울나울 무지개섬을 깔
았더라
꿈속에 머물고 싶어
꿈 끝을 잡고 그대로 그리고 싶어
생각으로 끌고 가도 생각은 이미 꿈밖
꿈속에서는 꿈 밖을 생각지 않는데
꿈 밖에서 자꾸 꿈속을 더듬으니

아니아니아니아니

연분홍치마 한 번 안 입고 봄이 가다니
노래 한자락 안 부른 봄이 가다니
참꽃 할미꽃 피는 산비알 언덕배기에
놀자 소리 한 번 못 들은 봄이 가다니
달래냉이씀바귀 맛도 안 본 봄이 가다니
빗소리 소란소란 바람치는 여름이 오다니
수릿날 그네 한 번 못 뛸 여름이 오다니
꿩소리 한 번 못 듣고 여름이 오다니
청보리 밀대궁 한번을 못 보고 여름이 오다니
목구멍 열어 밥만 먹고 여름이 되다니
누구도 사랑하지 않고 여름이 되다니
인간들과도 못 통한 채 여름이 되다니
속만 잔뜩 짓무른 수풀을 못 보고도 여름을 맞다니
멍충이처럼 여버리처럼 봄을 문외한하고 여름이
되어버리다니
모내기 끝난 논을 화면으로 보다니

징한 것들

입이 있는
이 원수들
이 슬픈 것들
이 아프고 괴로운 것들
이 고단한 것들
이
이
망할 것들

입이 없는
이 슬프고 아프고 괴로운 것들
이
고맙고 굳세고 힘 있는 것들
이 멍청하게 아름다운 것들

이 망할 분간의 것
하느님의 원망이며 사랑인
입들

다시 외로울 때 되었다

사는 일에 갑갑증이 일고
물렁뼈가 삭는가 싶다가 정강이뼈 안쪽이 새큰거리고
손가락 끝마디에 관절이 들어서 응석을 부려댄다
몸이 마음에게 응질을 하다니
그런 날이 오다니
늘 마음이 몸에게 갑질을 했는데 기어이 되갚아 올 줄은
짐작하지 않았다
꿈과 삶의 거리가 아득하던 때처럼
몸과 마음이 이별을 시작하고는 합칠 낌새가 없다
다시 외로울 때 되었다

봄비 온다

짝맞춘 떡잎들이 꼬무락꼬무락 손가락 펴서 하늘을
찌를라나
저 홀로 씩씩한 외떡잎 싹들 봄비 긋고 일어날라나

그림자 먼 어머니 주무시는 그 속에도 봄비는 가득
스며들라나
아버지 낮아지는 처마 속으로도
봄비는 가찹게 써늘할라나

한 발 팔을 벋으면
손끝에 닿는 봄비
땅으로 온 몸 꽂아 넣는 봄비
사람을 기르러
사람을 가르치러
사람을 살리러
하늘이 비를 타고 오신다
하늘이 살리시는 이 몸에 봄이 든다
하느님이 데려가실 이 몸에
초록이 든다

빈집으로 돌아오기

바람이 불면 인사동에 가 있겠습니다
꽃을 보여달라던 그 이
인사동에서 좀 걷지요
꽃을 보여주겠다던 그 이
같이 먹자던
컴컴한 빛깔의 자장면을
고개를 푹 숙이고 먹을 겁니다

끝내 아무데도 안 보고 돌아서 오면
내가 돌아온 집은
내가 들어도 빈집일겁니다

달의 음지로 들어 온 사람

달의 양지를 딛고 갔다

그가 있는 곳

발바닥은 간지럽게 공글리고

신발 밑 잔돌들은 속터를 다잡았다

먼 산에서 쏙지 쏙지 새가 울고

나는 쏙지 쏙지 두려웠다

가까울수록 커지는 망설임을 밀어내며

달의 양지를 버리고 달의 음지로 들어간다

음지에서 한껏

소리를 낮춰 몸을 두드린다

오직 한 사람만 듣기를 바라며

통째로 내 것이 될 달을 삼키러

가을아 나 잡아 봐라

남늦도록 짝을 못 만난
잠자리 여치 메뚜기들이
날고 날고 또 난다

후딱 가려던 가을이
며칠 더 따숩기로 한다
그 사이 코스모스 나팔꽃이 마지막 씨를 여물린다

메뚜기야 가을 잡아 봐라
거기
네 덕에 여문 나팔꽃 꽃보라빛 어두움을 낳아라
지고지순 어여쁜 너의 알을 낳아라

지금도

팔 하나
다리 하나
어머니 잡아 자신 호랑이
오누이도 잡아먹자고 들고
어머니 없는 세상이라도 오누이는 살러 가고
오누이 놓친 호랑이는 떨어져 죽고

다시
어머니는 떡 하러 가고
잘 사는 집 잔치에 품 팔러 가고
남은 새끼들 옹기종기 집을 지키고
호랑이는 길목에서 어미를 지키고
떡 주고 몸 주고 어머니는 사라지고
호랑이가 다정히
문 열어라 떡 주마 문 열어라
아니요 아니요 오누이는 때를 굶고 하늘로 가고

떡 하나 주고 살려는 엄마
떡 하나 주면 안 잡아먹는다는 호랑이
호랑이 이야기는 변함이 없고

진달래 필 때

역마살 든 남자와 풋물로 만들어진 여자가 살았다

속이 답답해서
어데 좀 댕게올라네

누빈 두루매기
데운 버선
입성을

좀 걸리겠네

바람부는데
눈 오는데
목도리를

괜찮네

눈 날리고
온 산천 펄렁거리는데
한 덩어리 얼룩으로 걸어가는 사내와

한 점 번데기로 오그라드는 계집이 있었다

아버지 때문에

아버지
호롱불이 그리워요
나뭇짐이 그리워요
보리타작 마당이질이 그리워요
여울여울 긴 곳에 잃어버렸던 고무신짝이 그리워요
갈잎에 싸여 있던 산딸기가 그리워요
아버지 손에 잡혀 오던 방아깨비가 그리워요
낫으로 깎아 주시던 몽당연필이 그리워요

시커멓게만 보이던 목침
사진틀 뒤에 얹혀 있던 회초리 세가닥
보리밥 상추쌈이 그리워요
땀에 젖어 빛나던 아버지의 가슴
그 가슴이 그리워요

가슴이 아플까봐 다 던져버리고 살던
아버지의 젊은 날이
내 알토란 같던 어린날이 그리워서
미치겠어요

나는

세상이 꽁꽁 얼어붙은 일천구백육십일년
섣달 스무날 밤 늦게 앵- 하고 울었다거니
육이오도 사일구도 오일육도 모를뿐더러
전기 전화 없는 동네에서 오일팔도 모르고 콩콩 콩농사
지으며 꿩병아리 새끼처럼 그냥 살았으므로
총구녕이란 하나도 모른다

그렇게 스무살만 살면 좋을 걸
서른도 넘기고 마흔도 넘기면서
전기 전화 인터넷까지 알게 되고 말았는지
숱하게 책까지 이야기까지 알게 되고 말았는지
내 순진은 하루아침 쓰레기거리였고
나는 순결을 위한 것도 순정을 위한 것도 아닌 열병에
걸려버렸다

고무신이 없다

나는
물에 떠 내려보낸 검정 고무신을
어떡하나
걱정이었다

그걸 보신 아버지도
어떡하나
걱정이었다

동네 아이들이
새처럼 나뭇가지에 올라앉고
강아지처럼 마을길을 달리고 산자락에 스몄다가
샘물처럼 쏟아져나오고
나비처럼 팔랑댔다

나뭇잎을 물고 풀잎을 따고 먹지도 않을 벌레를 잡고 들여다보고 헤헤거리면
어른들도 마주 웃었다

아버지는 온 저녁을 장에 가는 집 수소문하며

다른 아이들과 섞여 발발대지 못하는

내 예쁜 발만 보고 있었다

치마꼬리

아직 어린 엄마가
치마꼬리 휘어잡고 칭얼거릴 때
여러 역할 중에 엄마 하나만 하려고 멈추어
내 두 손을 꼭 잡고 앞머리를 다듬어 주었지

주름 자글해진 이마에 다시 온
엄마
치마꼬리는 잘 두고 가요
다음에 길 나설 때 잡고 가게
안 보이는 앞이 두렵지 않게
여차직 무서우면 휘감고 숨을 수 있게

바가지

들골댁은 쌀뜨물만 봐도 아가 스지
뭐이 그럴라고
그럼 절루 가 여 쌀 씻는데 섰다가 또 아 슬라
하마 섰지 여태 안 섰겠어
그새 쌀뜨물을 봤어 참 약빠르기도 해
그렇지? 섰지?
뭐이 배가 꺼질새가 없어 그래
요번에 남 몇째여
열 하나랬어 둘이랬어

밤농새가 달른가
참 단군할아버이 좋아하겠네 새끼 마이 친다고
하하하하하하하하
저기 저저 바가지 떠 니러가네 바가지 껀재

고모네 집 가기

알 딜구 갈라구요
아가 촌구석에서 뭘 보는 기 있나 한 이틀 노다 오지

머리를 가위로 싹둑싹둑 자르고
손 발바닥까지 문질러서 빨갛게 벗기고
빨고 또 빨아서 희끔해진 옷을 입고

말 무덤 지나 서낭당 지나 곳집 지나 큰 소나무 지나
새물내기 지나 목골 지나 안도리 지나 작골 지나 행상바우 지나
번재 큰 고모 집에서 점심을 먹고
재남바우 지나 땍비리 구비 아득히 오르다가

나 다리 아퍼
마이 아프나? 그럼 쉐 가자
여름방학 땡볕이 정수리를 치는데
비탈 아래 먼 강물을 보며 목마르다는 말은 참고
비리 끝에 올라 멀리 시내가 보이고
시내는 집도 집도 많아서 고모네 집은 어딘가 손가락 끝에 보이지 않고

꽃밭여울 흐르는 붉은 비리 내려가서

상동 갯물지나 상리 지나 덕포집 지나 서울병원 지나 동강

다리 건너

버스부 지나 오무개길 까무룩 올라가는데 해는 저물고

아직도 못 당도한 고모집이 울듯이 서럽더니

드디어 고모 앞에 와서는 허둥지둥 잤다

한 남자

머리부터 발끝까지
뽀얀
한 남자가 찾아왔네
뱃속의 몸 태로 웅그리고 누웠네
미처 덮고 가리지 못 한 몸이 추위를 탔네
조골한 불알을 단 남자
조고마한 고추가 오그라들었네
조금 울고 기운 빠져 곧 잠든 남자
눈물이 안 난 울음으로 내 가슴을 송곳처럼 찔렀네

한 남자가 찾아왔네
내 가슴에서 가장 편안했던 남자
내 가슴을 가장 좋아한 남자
내가 가슴을 내어주지 않을 때 오래 설웠던 남자

나를 영원히 잊지 않을 남자
이제 새 여자를 찾을 남자
그래도 끝내
내게서 멀어질 수 없을 남자
내 입술을 행복하게 받아들인 남자

머리끝에서 발끝까지 입술로도 기억할 수 있을 남자

온전한 나의 첫 남자
이제 내가 떠나면 가장 아파할
뫼씀바귀 같은 내 남자

한 남자를 사랑했네

한 남자를 사랑했네
사랑인 줄 모르고 사랑했네
그가 아낌없이 주었으므로
나도 아낌없이 사랑했네

손이 보드랍고 따스한 남자
말도 보드랍고 따스한 남자
종종 안아주고 가끔 뽀뽀하던 남자
늘 업어주고 싶어하던 남자
강물에 몸을 씻겨주고 아픈 뱃살 꼭꼭 문질러 주던 남자
조그만 지게에 조그만 짐을 얹고 조금 조금 걷던 남자
마당에 풀씨도 못 누를 것 같던 남자
그 남자가
포근히 이불 덮어주고 잘 자라고 하면 같이 잠들고 싶어
서러웠네
그 남자를 위해
아파도 울지 않고 두려워도 소리치지 않았네
무엇이든 나눠먹으며 행복했네
그 남자의 등은 조그매서 내가 업히면 딱 맞았네

그 남자가 아팠네
엉덩이에 침을 꽂은 그 남자 나를 보고 웃었네

한 여자의 남편이고 네 아기의 아빠였던 남자
이젠 숨소리도 들리지 않게 깊은 잠 든
옛날의 그 남자를
나는 정말 사랑했네

영자가 간다

정님아 정님아 부를 때마다 속 끓었던

물러빠져서 아무런 말에도 풀어질까 봐
연해 빠져서 쌀말 무게에도 목이 꺾일까 봐
답답해서 숨 쉬지 못하는 관계로 썩어갈까 봐
속이 비어서 빈 데 마다 좋잖은 것들 들어찰까 봐
좁아서 받아들이지 못해서 사랑도 못 넣을까 봐
느려터져서 아무것도 때를 놓칠까 봐

영자가 간다 정임이 놓고 간다
그게 모두 정임이 몫이라고 비로소 놓고
처음으로 자유로워진 영자가
너울너울 구름 타고 만장 타고 아이고아이고 노래 들으며
뒤 안 보고 간다
다신 오지 않으리라 작정하고 간다

내게는

한 사람 울며 앓던 바닷가 이생진이 있고
멀리 기억처럼 있고
지나온 어느날처럼 거기 있고

조그맣고 단단한 아픔을 갖고 속 반짝거리는 서정춘이 있
고 오라비처럼 나처럼 첫사랑처럼 있고 어딘가에 있으며
모르는데처럼 있고

영월, 아리랑

2023년 9월 25일 초판 1쇄 인쇄
2023년 10월 5일 초판 1쇄 발행

—

지은이 홍정임
펴낸이 강송숙
디자인 디엔더블유
인 쇄 디엔더블유
펴낸곳 오비올프레스

—

ISBN 979-11-89479-11-4

—

출판등록 2016년 9월 29일 제419-2016-000023호
주 소 (26478) 강원특별자치도 원주시 무실새골길 52
전자우편 oballpress@gmail.com

—

이 시집은 강원특별자치도, 강원문화재단 후원으로 발간되었습니다.